AF602875

VENTE

du Vendredi 15 Décembre 1905

Hôtel Drouot, Salle n° 10

TABLEAUX

ANCIENS ET MODERNES

de toutes les Ecoles

DESSINS

Aquarelles, Pastels, Gouaches

MINIATURES

1905

Commissaire-Priseur :

Me Lair DUBREUIL.

Expert :

M. Paul ROBLIN

CATALOGUE

DE

TABLEAUX

Anciens et Modernes

Par Bernard, Bouton, Courbet, Courboin, Decamps, Deschamps, Flandin, Grobon, Hillekamp, Lapito, Leroux, Mirallès, Molenaert, Musin, Pelouse, Rousseau, Ryckaert, Van der Neer, Weber, Wertheimer, etc., etc.

ET DES ÉCOLES

Allemande, Anglaise, Flamande, Française, Hollandaise et Italienne, des XVe au XIXe siècle.

DESSINS

AQUARELLES, PASTELS, GOUACHES, MINIATURES

Anciens et Modernes

DONT LA VENTE AUX ENCHÈRES PUBLIQUES AURA LIEU

Hôtel des Commissaires-Priseurs, rue Drouot, N° 9

Salle N° 10

Le Vendredi 15 Décembre 1905, à deux heures précises.

Commissaire-Priseur :
Me LAIR DUBREUIL
6, Rue de Hanovre, 6

Expert :
M. PAUL ROBLIN
65, Rue Saint-Lazare.

EXPOSITION PUBLIQUE

le Jeudi 14 Décembre 1905, de 1 h. 1/2 à 6 heures.

CONDITIONS DE LA VENTE

Elle sera faite au comptant.

Les Adjudicataires paieront *dix pour cent* en sus des enchères.

L'Exposition mettant le public à même de se rendre compte de l'état et de la nature des pièces, aucune réclamation ne sera admise une fois l'adjudication prononcée.

Ordre de la Vacation

Dessins, Aquarelles	N° 95 à 194
Tableaux.	N° 1 à 94

TABLEAUX

ANCIENS ET MODERNES

BERNA

1. Coq et Poules.

   Bois.

   (H. 0.16. L. 0.26).

BERNARD

2. Paysans jouant au palet.

   Toile signée et datée 1837.

   (H. 0.23. L. 0.31).

BOUCHER (d'après Fr.)

3. Le Panier mystérieux.

   Toile.

   (H. 1.10. L. 0,78).

BOUTON

4. Artiste dessinant à l'intérieur d'un monument.

   Toile.

   (H. 1.45 L. 1.10).

BRAUWER (attribué à J.)

5. Fureur bachique.

Bois. (On y a joint la gravure).

(H. 0.33. L. 0,40).

COURBET (G.)

6. Falaises.

Toile signée.

(H. 0.25. L. 0.32).

COURBOIN (Eug.)

7. Bonaparte et Joséphine.

Toile signée et datée 1895.

(H. 0.45. L. 0.37).

COURTOIS (Ecole de Jacques)

8. Combat de cavalerie. — L'Attaque d'une ville. deux pendants.

Toiles.

(H. 0.95. L. 1.28).

DECAMPS

9. Chasse au furet.

Toile signée Décamps 1830.

(H. 0.30. L. 0.46).

10. Chasse au chevreuil. Pendant du précédent.

Toile.

(H. 0.30. L. 0.46).

DELAYE

11. Charles Ier conduit devant Cromwell.

Toile signée.

(H. 0.27. L. 0.22).

DESCHAMPS (Louis)

12. La jeune mère.

Toile.

(H. 0.90. L. 0.62).

DUETSCH

13. Paysage animé de figures.

Bois. Signé et daté 1765.

(H. 0.34. L. 0.45).

ENTRAIGUES (D')

14. Sujet décoratif.

Toile.

(H. 0.80. L. 1.15).

FLANDIN (H^ri^)

15. Porteuse d'eau. (Etude).

Toile.

(H. 0.61. L. 0.46).

FRAGONARD (d'après H.)

16. Le Savetier. Sujet des Contes de Lafontaine.

Bois.

(H. 0.45. L. 0.30).

GOYEN (attribué à Van)

17. Le Passage du Bac.

Toile.

(H. 0.52. L. 0.75).

GROBON (François), artiste lyonnais

18. La Prairie.

Une femme en jupe rouge est assise sous un arbre. Deux chèvres sont auprès d'elle.

Peinture ayant figuré à la 30e Exposition Versaillaise en 1880. Signée et datée 1880.

Toile.

(H. 0.85. L 1.27).

19. L'Arbre cassé.

Toile signée.

(H. 0.95. L. 1.30).

GUILLEMET (A.)

20. Vue du Pollet, près Dieppe.

Toile.

(H. 0.37. L. 0.53).

HAREUX (E.)

21. Cour de ferme.

Toile signée.

(H. 0.45. L. 0.65).

HILLEKAMP (M.)

22. Bords du Sauceron à Nesles-la-Vallée.

Toile signée.

(H. 0.40. L. 0.33).

HILLEKAM (M.)

23. Bords du Sauceron à Nesles-la-Vallée.

Toile signée.

(H. 0.31. L. 0.40).

24. Ferme à Nesles-la-Vallée.

Toile signée.

(H. 0.63. L. 0.79).

INCONNU

25. Paysanne Italienne.

Toile

(H. 0.20. L. 0.14).

26. Danse Italienne.

Esquisse peinte.

(H. 0.11. L. 0.17).

LAPITO (A.)

27. Le Torrent.

Toile.

(H. 0.68. L. 0.82).

LEROUX (Hector)

28. Vestale endormie.

Toile.

(H. 1m. L. 0.50).

MIGNARD (Ecole de)

29. Portrait de grande dame en robe rouge, recouverte d'un manteau d'hermine.

Cadre ancien en bois sculpté et doré.
Toile. (H. 0.40. L. 0.31).

MIRALLES

30. La Marchande de Fleurs.

Toile.

(H. 1m20. L. 1m80).

MOLENAERT (J.)

31. Le Roi boit.

Bois. Signé.

(H. 0.25. L. 0.30).

MURILLO (Ecole de)

32. La Vierge, l'Enfant Jésus et Saint Jean.

Toile.

(H. 0.98. L. 0.80).

MUSIN (E.)

33. Barques de Pêche échouées sur le sable.

Toile.

(H. 0.38. L. 0.80).

MWITHOOS (père)

34. Paysage avec ruines, Paons et Pêcheurs.

Toile.

(H. 0.85. L. 1.03).

NOBLE PIJEAUD

35. Pastèque, Raisins, Melon, etc.

Toile.

(H. 0.62. L. 0.78).

NOTER (Raphaël de)

36. Nature morte : Gibiers et Fruits.

Toile.

(H. 0,60. L. 0,50).

PELOUSE

37. Paysage. Chemin à travers bois.

Toile.

(H. 0 47. L. 0,71).

POUSSIN (Ecole du)

38. Scène de la Vie du Christ à Jérusalem.

Toile.

(H. 0.97. L. 1m30)

PRUD'HON (attribué à)

39. Baigneuse.

Toile.

(H. 0,40. L. 0,32).

PROUDHOMME

40. Le Sauvetage des naufragés.

Toile.

(H. 0,53. L. 0,80).

RAIN

41. Paysage.

Toile.

(H. 0,46. L. 0,71).

RAVESTEIN (attribué à J.-V.)

42. Paysan nettoyant des moules.

Bois.

(H. 0,13. L. 0,12).

REMBRANDT (Ecole de)

43. Le Christ entre les deux Larrons.

Cuivre.

(H. 0,45 L. 0,36).

ROUSSEAU (Théodore)

44. Coucher de Soleil.

Etude sur toile. Signée des initiales.

(H. 0,19. L. 0,23).

RUBENS (Ecole de)

45. Le Jugement de Pâris.

Bois.

(H. 0 50. L. 0 65).

46. Sujet de l'Histoire Romaine.

Bois.

(H. 0,28. L. 0,37).

RUBENS (d'après P.-P.)

47. Sujet Religieux.

Bois.

(H. 0,35. L. 0,27).

RYCKAERT (David)

48. Les Bulles de savon.

Bois.

(H. 0,28. L 0,22).

THOMASSE (A.)

49. La Vague.

Toile signée.

(H. 0,32. L. 0,45).

TIÉPOLO (Ecole de Dominique)

50. Saint en extase. Esquisse.

Toile.

(H. 0,48. L. 0,34).

TITIEN (genre du)

51. Saint Ermite écrivant.

Cuivre.

(H. 0,25. L. 0,19).

VALDIVIA

52. La Course de Taureaux.

Toile.

(H. 0,58. L. 0,80).

VANMŒR (J.-B.)

53. Vue de Valachie.

Toile. Signé et daté 1865.

(H. 0,27. L. 0,35).

VAN DER NEER (Ad.)

54. Clair de Lune.

Bois. Signé des initiales.

(H. 0,16. L. 0,21).

VIVARINO LE JEUNE (attribué à Luigi)

55. La Vierge debout dans un paysage contemple l'Enfant Jésus couché sur une Draperie rouge.

Bois.

(H. 0,39. L. 0,27).

WATTEAU (d'après Ant.)

56. Personnages de la Comédie Italienne.

Bois.

(H. 0,26. L. 0,21).

WATTEAU (attribué à L.-Fr.)

57. Deux Chasseurs.

Toile.

(H. 0,15. L 0,12).

WEBER (Th.)

58. Barques de Pêche.

Toile.

(H. 0,50. L. 0,32).

WERTHEIMER

59. Femme couchée.

Toile.

(H. 0.50. L. 0.82).

60. Lion et Lionne.

Toile.

(H. 1m50. L. 1m10).

WOUVERMANS (genre de)

61. Chasse au cerf. — Cavaliers sur un pont.
Deux pendants.

Toiles.

(H. 0.35. L. 0.48).

ÉCOLE ALLEMANDE

62. Le Christ en croix.

Bois.

(H. 0.31. L. 0.31).

ECOLE ANCIENNE

63. Ermite et Evêque.

Bois.

(H. 0.26. L. 0.21).

ECOLE PRIMITIVE ESPAGNOLE

64. La Procession.

ÉCOLE ESPAGNOLE

65. Famille de Paysans des Abbruzes.

Toile.

(H. 1.08. L. 1.40).

ÉCOLE FLAMANDE

66. Portrait d'homme en manteau noir garni de fourrure. — Portrait de femme en robe noire et étole de fourrure.

Deux pendants.

Toiles.

(H. 0.57. L. 0 53).

67. Le Christ portant sa croix.

Bois.

(H. 0.25. L. 0.19).

68. Les Joueurs de cartes.

Bois.

(H. 0.33. L. 0.51).

69. Dispute de Joueurs de cartes.

Bois.

(H. 0.38. L. 0.46).

70. Jeux d'enfants à figures grotesques.

Deux pendants.

Toiles.

(H. 0 72. L. 0 75).

71. Les Joueurs de cartes.

Bois.

(H. 0.30. L. 0.38).

ÉCOLE FLAMANDE

72. Sujet tiré des Saints Evangiles.

Toile.

(H. 0,82. L. 1,02).

ECOLE DE FONTAINEBLEAU

73. Suzanne et les Vieillards.

Bois.

(H. 1,03. L. 1,33).

ECOLE FRANÇAISE XVIe SIÈCLE

74. Portrait de Léonor de Rohan.

Toile.

(H. 0,59. L. 0 48).

ECOLE FRANÇAISE

75. Portrait présumé du Duc de Vendôme à cheval.

Toile.

(H. 0,67. L. 0,57).

76. Portrait présumé de Mlle de Lavallière.

Toile.

(H. 0.77. L. 0.65).

77. Les Galants surpris.

Toile.

(H. 0,56. L. 0,58).

78. Portrait de femme Louis XVI, en robe bleue et fichu de mousseline, coiffée d'un grand chapeau à plumes.

Toile.

(H. 1 m. L. 0,80).

ECOLE FRANÇAISE

79. Portrait de femme coiffée d'un turban blanc et vêtue d'un manteau de même couleur.

Toile.

(H. 0,58. L. 0,48).

80. Tête de Christ.

Cuivre.

(H. 0,21. L. 0,16).

ECOLE HOLLANDAISE

81. Jésus au milieu des Docteurs.

Bois.

(H. 0,65. L. 0,95).

82. Habitations auprès d'une rivière.

Bois.

(H. 0,10. L. 0,16).

83. Habitations rustiques.

Bois.

(H. 0,26. L. 0,35).

84. La Halte des Chasseurs.

Toile.

(H. 0,49. L. 0,57).

85. Le Joueur de Vielle. — Le Médecin de Village. Deux pendants.

Toiles.

(H. 0,20. L. 0,26).

ECOLE HOLLANDAISE

86. Paysage, avec cheval blanc.

Bois.

(H. 0,18. L. 0,24 1/2).

87. Le Repas champêtre.

Bois.

(Diam. 0,17).

ECOLE ITALIENNE XVIe SIÈCLE

88. Portrait de femme de profil à gauche.

Bois.

(H. 0,37. L. 0,27).

89. Portrait de femme de profil à droite.

Bois.

(H. 0,38. L. 0,41).

ÉCOLE ITALIENNE

90. Jacob recevant de Benjamin la robe de Joseph.

Toile.

(H. 1,65. L. 1,38).

ECOLE de 1830

91. Mort d'un compositeur de musique.

Esquisse sur toile.

(H. 0,33. L. 0,40).

92. Théâtre de guignol.

Esquisse peinte.

(H. 0,10. L. 0,15).

ECOLE MODERNE

93. Petite Marchande italienne.

Toile.

(H. 1m. L. 0,75).

94. Ramasseuse de bois en forêt.

Toile.

(H. 0,60. L. 0,87).

94 *bis*. Tableaux non catalogués.

DESSINS

ANCIENS ET MODERNES

Gouaches, Pastels, Aquarelles, Miniatures

ABEILLÉ (Jack)

95. Loges d'Artistes.

Dessin à la plume. Signé.

(H. 0.34. L. 0.47)

A. L.

96. Portrait du Général Foy.

Crayon noir. Signé A. L. 1828.

(H. 0.28. L. 0.22).

ANASTASI

97. Paysage.

Aquarelle. Cachet de l'artiste et datée 5 novemb.

(H. 0.14. L. 0.30)

ANONYME

98. Etude de femmes.

Fusain.

(H. 0.30. L. 0. 45)

99. **Un Muscadin.**

Crayon noir.

(H. 0,18 L. 0.08).

100. **Portrait d'un flûtiste.**

Ovale aux crayons de couleurs.

(H. 0.17. L. 0.14).

101. **Ruines du château de Drakenfels.**

Lavis d'encre de chine.

(H. 0.27. L. 0,40).

BARTSCH (Adam)

102. **Attaque de Soldats Autrichiens.**

Plume et lavis d'encre de chine.

(H. 0.40. L. 0.30).

BENVENUTO CELLINI (attribué à)

103. **Buste d'homme à l'antique, dans une niche cintrée, avec des fleurs de lys sur le socle et aux pilastres.**

Plume, lavé d'encre de chine.

(H. 0.41. L. 0,27).

BINET (Louis)

104. **Sujets pour illustration. Deux dessins.**

Plume et lavis d'encre de chine.

(H. 0.10 /2. L. 0,06 1/2).

BOILLY (genre de Louis)

105. **Portrait d'enfant.**

Crayon noir rehaussé de Gouache.

(H. 0,22. L. 0,16 1/2).

106. **Portrait de femme coiffée d'un chapeau à fleurs.**

Pastel.

(H. 0,45. L. 0,36).

BOUCHARDON (Edme)

107. **Décoration pour une porte monumentale.**

Sanguine.

(H. 0.31. L. 0.17).

BOUCHER (Fr.)

108. **Trois personnages assis.**

Contre-épreuve à la sanguine.

(H. 0 22. L. 0,31).

BOUCHER (attribué à Fr.)

109. **Le Moulin.**

Sanguine.

(H. 0,20. L. 0,31).

110. **Paysage, animé de figures.**

Aquarelle.

(H. 0,18. L. 0,22).

BOUCHER (Ecole de Fr.)

111. Paysage, avec chaumière rustique.

Crayon noir.

(H. 0,19. L. 0,29).

112. Le Pont rustique.

Crayon noir.

(H. 0,38. L. 0,26).

BOULANGER (Gustave)

113. Portrait de Madeleine Brohan. (Projet de statue).

Mine de plomb, rehaussé de Gouache. Signé, avec dédicace à Jules Armengaud.

(H. 0,37. L. 0,15).

BOURGEOIS

114. Eglise de Village.

Sépia. Signé, avec dédicace.

(H. 0.26. L. 0.41).

CHASSELAT

115. Psyché portée sur les eaux.

Sépia. Signé.

(H. 0,09. L. 0,06).

CHAUDET

115 *bis* Jeune femme et son chien à la porte d'une prison.

Crayon noir. Signé.

(H. 0,37. L. 0,27).

COCHIN le fils (attribué à)

116. L'Eucharistie.

Crayon noir et mine de plomb.

(H. 0 28 L. 0 13)

DELACROIX (attribué à)

117. Orientaux.

Deux aquarelles.

DESPRES

118. Cour intérieure d'un Palais.

Plume et lavis d'encre de chine, Signé.

(H. 0,21. L. 0,17).

119. Paysage avec terrasse et cascades.

Sépia.

(H. 0,31. L. 0,23).

ECOLE ANGLAISE

120. Portrait de jzune femme tenant une fleur.

Crayon noir rehaussé d'aquarelle.

(H. 0,40. L. 0,26).

ECOLE FLAMANDE

121. Paysans et Cavaliers.

Encre de chine.

(H 0,18. L. 0,33).

ECOLE FRANÇAISE XVIII° SIÈCLE

122. La Lettre envoyée.

Plume et lavis d'encre de chine.

(H. 0,23. L. 0,18).

123. Cour de Ferme, avec personnages.

Aux crayons noir et blanc, sur papier bleu.

(H. 0,39. L 0,31).

124. Jeune fille à la colombe. — Jeune fille tenant un oiseau. Deux pendants ovales.

Crayon noir.
Cadres anciens en bois sculpté.

(H. 0,18. L. 0,14).

125. Paysage animé de figures.

Sépia. Signé des initiales M. C. Cachet de collection. Cadre ancien en baguettes Louis XIII.

(H. 0,16. L 0,22).

126. Paysage par un temps de neige.

Gouache.

(H. 0,15. L 0,21).

127. Paysage animé de figures.

Plume et aquarelle. Cadre ancien en bois sculpté et doré, époque Louis XIII.

(H. 0,16. L. 0,19).

128. Portrait de femme âgée, avec lunettes.

Sanguine. Cadre en bois doré.

(H. 0,34. L. 0,26).

ECOLE ITALIENNE XVIIe SIÈCLE

129. **Figures de trois Saints.**

Crayon noir rehaussé de sanguine.

(H. 0,30 L. 0,21).

130. **Projet de Fontaine.**

Plume et lavis de sépia. Cachet de collection.

(H. 0,32. L. 0 19).

ECOLE DE 1830

131. **Portrait de Femme.**

Crayon noir.

(H. 0,27. L 0,19).

132. **Portrait de Femme.**

Crayon noir.

(H. 0,15. L. 0 12).

ECOLE MODERNE

133. **Jeune femme buvant une tasse de café.**

Crayons de couleurs.

(H. 0,52 L 0,41).

FLANDIN (Eugène)

134. **Arabes à la fontaine.**

Crayon noir. Signé et daté 1837.

(H. 0,12 1/2, L. 0,20).

GÉRICAULT (Th.)

135. Tête d'Oriental.

Crayon noir. (H. 0,29. L. 0,21).

GRÉVEDON

136. Portrait de Femme.

Crayon noir. (H. 0 14. L. 0 09).

GROS (Baron)

137. Bataille des Pyramides.

Sépia. (H. 0,15. L. 0,23).

HILLEKAMP

138. Dunes à Bénodet.

Pastel signé. (H. 0,31. L. 0,39).

139. Eglise St-Merri, coin de la rue St-Martin.

Aquarelle signée. (H. 0,30. L. 0,25 .

140. Les Jardins du Louvre.

Dessin au crayon. Signé. (H. 0,14. L. 0,13).

141. Pont St-Michel. Petit bras de la Seine.

Aquarelle signée. (H. 0,24. L. 0,28)

HILLEKAMP (M.)

142. Pont du Métropolitain, en construction.

Dessin au crayon Signé.

(H. 0,12. L. 0,17).

143. Pont des Sts-Pères.

Aquarelle signée.

(H. 0,35. L. 0,24).

144. Temps orageux à Villers-s/-Mer.

Pastel.

(H. 0,14. L. 0,22).

HUET (J.-B.)

145. Bergère assise.

Crayon noir.

(H. 0,14. L. 0,22).

HUET (attribué à J.-B.)

146. Paysage avec château en ruines.

Aquarelle ovale, cadre en bois sculpé.

(H. 0 24. L. 0 19).

ISABEY (attribué à J.-B.)

147. Tête de femme.

Médaillon au crayon noir et estompe.

(Diam. 0,15 1/2).

JEANRON

148. Portrait de Charles Nodier, bibliothécaire de l'Arsenal, représenté en pied.

Crayon noir Signé et daté 1827.

(H. 0.73 L. 0.50).

JOHANNOT (Alfred)

149. La Duchesse d'Orléans annonçant une victoire.

Aquarelle. Signée.

(H. 0.19. L. 0 13 1/2).

LABERGE

150. Artiste dans son atelier.

Plume et lavis de sépia. Signé.

(H. 0.21. L. 0.17).

LAFAGE (R.)

151. La Chute des Anges, sujet pour plafond.

Plume et lavis, signé.

(H. 0.42. L. 0 28).

LAFFITTE (L.)

152. Apollon.

Beau dessin au crayon noir rehaussé de gouache. L. Laffitte à Rome, 1792.

(H. 0.29. L 0.23)

LAJOUE (d'après)

153. Entrée de parc.

Plume et lavis de sépia

(H. 0,15. L. 0,21).

LANCRET (attribué à)

154. Le Joueur de flûte. Composition à cinq personnages.

Belle étude à la sanguine, mise au carreau.

(H. 0,29 L. 0 20).

LA RUE (de)

155. Combat de cavalerie.

Plume et lavis d'encre de chine. Signé et daté 1762

(H 0,11. L. 0,18).

LAUGIER (Oct.)

156. Chasseur à l'affût.

Aquarelle signée *Oct. Laugier 70*.

(H 0,31. L. 0 23).

LEBERT (J.-B.).

157. Portrait de M. Le Bailleul, Conseiller au Parlement de Rouen.

Profil à la mine de plomb. Signé.

(H. 0 21. L. 0,15).

LEBRUN (Charles)

158. Projet de lanterne.

Plume et lavis d'encre de chine.

(H. 0 26. L. 0,40).

LE BRUN (attribué à Charles)

159. Bénédiction d'un Mariage Princier.

Sanguine et lavis.

(H. 0,55. L. 0,41).

LE D.

160. Le Repos en Egypte; têtes d'orientaux.

Sanguine. Signée. Le D. f. inv.

(H. 0,26. L. 0,18).

LE PETIT (Alfred)

161. Affiche des Folies-Bergère.

Crayon noir. Signé et daté 1886.

(H. 0,30. L. 0,24).

LÉPICIÉ (attribué à)

162. Le Repas du paysan.

Pierre noire.

(H. 0 19. L. 0 14).

LE PRINCE (J.-B.)

163. Etudes de Têtes et de Main.

Trois dessins à la sanguine.

LHERMITTE (L.)

164. **Le Bûcheron.**

Fusain.

(H. 0,46 L. 0 30).

LICHERY (Louis)

165. **L'Accord des Nations par le moyen de la paix.**

Très intéressante composition, signée, elle a été gravée de la dimension du dessin original pour servir d'encadrement à l'Almanach de 1679.

A la pierre noire, lavée de bistre et rehaussée de blanc sur papier brun.

(H. 0,44. L. 0,53).

MANSION

166. **Sujets de l'histoire romaine. Deux pendants.**

Plume et lavis d'encre de chine.

(H. 0,26. L. 0,65).

MAY (Joseph)

167. **Vue de la place du peuple à Rome.**

Plume et aquarelle. Signé : *Joseph May, 1770.*

(H. 0,37. L. 0,27).

MINIATURES

168. **Visite à la Vierge.**

Gouache sur parchemin XVIIe siècle.

(H. 0,13. L. 0,15).

MINIATURES

169. Saint Jérôme.

Gouache sur parchemin. (H. 20. L. 0,15).

170. Portrait de Frédéric-le-Grand, roi de Prusse.

Miniature ovale sur ivoire. Signée : *Petit fecit, 1777.* (H. 0.05 1/2. L. 0.04 1/2).

171. Portrait présumé de Mademoiselle de Marsan (Louise-Henriette de Lorraine, princesse de Turenne).

Miniature ovale. (H. 0.05. L. 0,04).

172. Portrait de femme en costume de paysanne.

Miniature ronde sur ivoire. (Diam 0.065).

173. Six Miniatures. Portraits de femme et famille de Napoléon.

MOREAU (genre de Louis)

174. Paysage animé de figures.

Gouache. (H. 0.23. L. 0,35).

NICOLLE (V.-J.)

175. Intérieur d'Eglise.

Aquarelle. Signée. (H. 0.22. L 0,18).

NICOLLE (genre)

176. Vues d'Italie. Deux pendants.

Aquarelles.

(H. 0.10. L. 0.18).

PELLETIER (L.)

177. Paysage animé de figures.

Aquarelle. Signée.

(H. 0.30. L. 0.47).

REMBRANDT (attribué à)

178. Le Christ assis. Etude pour la Flagellation.

Lavis de Sépia. On y a joint la gravure.

(H. 0.24. L. 0.16).

REMBRANDT (d'après)

179. L'Ane de Balaam.

Plume.

(H. 0.14. L. 0.18).

SANPO (A.)

180. Paysannes Italiennes.

Aquarelle. Signée.

(H 0.18. L. 0.15).

TIEPOLO (Dom.)

181. La Distribution des pains.

Vigoureux dessin à la plume lavé de bistre. Signé.

(H. 0.46. L. 0.35).

TIEPOLO (Dom.).

182. La Fuite en Egypte.

Plume et lavis de sépia Signé.

(H. 0,46. L. 0,36).

TÖPFFER (Rodolphe)

183. Deux vieillards causant.

Aquarelle signée

(H. 0,18 L. 0,13).

TROY (Fr. de)

184. Allégorie sur le Prévôt des Marchands et les Echevins de la ville de Paris.

Pierre noire lavée de bistre et rehaussé de blanc sur papier bleu.

(H. 0,35. L. 0 43).

VAN LOO (Carle)

185. Portrait d'homme coiffé d'un bonnet de fourrures.

Crayon noir rehaussé de blanc. Signé.

(H. 0 46. L. 0 37).

186. Sujet mythologique.

Sanguine

(H. 0,26. L. 0,36).

VERNET (Carle)

187. Fuite d'un porte-étendard marocain.

Sépia. Signé.

(H. 0,20. L. 0,25)

VEYRASSAT (J.)

188. Meute et Piqueurs.

Croquis à la mine de plomb.

(H. 0,10. L. 0,12)

WATTEAU (Ant.)

189. Etudes de soldats et de baigneurs. Sept croquis.

A la sanguine.

190. Portrait d'abbé.

Crayon noir.

(H. 0,24. L. 0,18)

WATTEAU (attribué à Ant.)

191. Etude de Mezzetin.

Sanguine.

(H 0,15. L. 0,12).

WATTEAU (d'après Ant.)

192. Feuille d'Etude.

Sanguine et crayons de couleurs.

(H. 0,31. L. 0,39).

WATTEAU (genre de Ant.)

193. Tète de femme.

Crayon noir et sanguine Cadre en bois sculpté avec fronton de l'époque Louis XV.

(H. 0,12 L. 0,10).

194. Un lot de dessins en feuilles et encadrés.

GRANDE IMPRIMERIE DU CENTRE. — HERBIN, MONTLUÇON.

www.ingramcontent.com/pod-product-compliance
Ingram Content Group UK Ltd.
Pitfield, Milton Keynes, MK11 3LW, UK
UKHW021959260726
13994UKWH00004B/1849

9 782329 436425